IRENE RAUTI

IL POPOLO DEI TOTELCHI

E

I VARCHI DEL SOGNARE

COME CAMMINO VERSO LA LIBERTA'

A mio marito e compagno di vita,

Alla mia maestra spirituale,

Alla mia famiglia.

Indice

Introduzione

Capitolo 1: I Toltechi e il sogno

1.1 Il popolo dei toltechi

1.2 Definizione del sogno

1.3 Il sognatore e il sognato

Capitolo 2: Il primo varco del sognare

2.1 Il primo varco del sognare

2.2 Vita quotidiana: il Tonal

2.3 Padronanza della trasformazione

Capitolo 3: Il secondo varco del sognare

3.1 Il secondo varco del sognare

3.2 Vita onirica: il Nagual

3.3 Padronanza dell'intento

Capitolo 4: Il terzo varco del sognare

4.1 Il terzo varco del sognare

4.2 Sogni lucidi

4.3 Padronanza del proprio destino

Introduzione

Il lavoro che presento si basa su molti anni di studio e pratica d'insegnamenti psicologici, dottrine spirituali e religiose (dal termine latino religio: legame tra l'essere umano e un qualcosa di superiore) che ho sempre ritenuto essenziali per il viaggio alla scoperta di sé stessi. Affascinata, nel contempo, dal mondo onirico credo che il popolo tolteco è il più adatto per accedere a questa dimensione in maniera del tutto nuova e particolare, avendo unito pratiche meditative a esplorazioni dell'inconscio. A questo proposito spesso sono messi a confronto le pratiche tolteche e quelle psicologiche per aiutare coloro che sono interessati a trovare un confronto fra esse.

Il sapere tolteco, molto antico, ha grandi affinità con dottrine spirituali ancestrali. La differenza base, tra questa popolazione e le altre, è la connotazione diversa che i toltechi conferiscono ai sogni mettendo a punto esercizi da eseguire nel mondo onirico, come vere e proprie tecniche di meditazione. A loro non interessa l'interpretazione del sogno, ma il modo attraverso cui si accede e si gestisce. Il metodo adottato è adatto a quelle persone che desiderano varcare le soglie delle molte dimensioni che appartengono all'uomo divenendo un "guerriero", fermo restando che chi intraprende un cammino spirituale deve avere un buon contatto con la realtà, senza il quale non si può procedere in nessun percorso. L'esempio che spesso è proposto è d'essere come un albero, più le radici sono ben piantate nel terreno più i rami possono tendersi verso il cielo. Importante quindi vivere la propria vita quotidiana sempre con maggiore coscienza e, per quanto riguarda questa disciplina, non intraprendere vie ascetiche.

Voglio ricordare inoltre a coloro che si sono accostati ai toltechi tramite Carlos Castaneda spesso valutato un "ciarlatano", che al di là di com'è ritenuto questo scrittore o se ha o no speculato, questo non toglie la veridicità del sapere tolteco e degli insegnamenti del maestro don Juan Matus. Chi ha studiato bene le dottrine spirituali, troverà molte comunanze con altri insegnamenti e maestri di diverso orientamento e cultura che concordano su leggi universali e tangibili di cui la fisica quantistica e A. Einstein hanno chiarificato e convalidato l'esistenza, prima fra esse la teoria dell'energia.

I toltechi, nati nel Messico meridionale come "uomini e donne di conoscenza", erano scienziati ed artisti, come tali crearono una società per conservare le conoscenze spirituali degli antichi. I maestri toltechi chiamati nagual praticano l'arte dell'agguato e del sognare. Il primo è visto come un controllo e utilizzo dei comportamenti quotidiani al fine di trarre il meglio da ogni circostanza e situazione che si presenta. Il sognare è illustrato come una gestione pratica delle circostanze oniriche di sé, vale a dire quelle parti di noi che rappresentano il lato più evoluto e sapiente e che ci permette di avanzare nella nostra ricerca spirituale e nel pieno raggiungimento della libertà.

Entrambi questi due sistemi sono connotati da un codice di comportamento "la regola" che il praticante interiorizza attraverso l'esercizio. Un terzo sistema s'interessa del contatto fra l'essere umano e il destino: la padronanza di questo. Questi tre sistemi sono la base del Nagualismo o Sciamanesimo. Il termine sciamano è stato spesso tradotto come uomo di medicina, ma in realtà questo termine deriva dalla lingua siberiana e significa "chi vede nell'oscurità o colui che cammina tra i due mondi" e, questi due mondi coesistono con il mondo fisico ordinario anche se non sono palesi agli occhi fisici e alle percezioni sensoriali abituali in quanto fanno parte del nostro mondo interiore, dove la percezione del mondo è diversa e i concetti di spazio e tempo sono messi in relazione in maniera non usuale. Si tratta dell'individualità interiore che si estende all'interiorità d'ogni altra cosa. Il momento presente è fondamentale per poter proseguire nei loro insegnamenti in quanto guida la persona a non perdersi in altre dimensioni come il passato e il futuro perdendo il qui ed ora. Percepire l'essenza delle cose è la meta più alta per questa dottrina perché si arriva al VEDERE, vale a dire percepire l'altro e l'universo come rispecchiamento del macrocosmo nel microcosmo. Chi arriva a vedere può comprendere le cose con occhi nuovi, può iniziare a godere istante per istante della bellezza della vita non facendosi sfuggire quelle sfumature essenziali per il proprio spirito.

Infine, seguendo e praticando gli insegnamenti si può raggiungere quell'evoluzione spirituale che ci permette d'essere liberi e di aprirci al potere personale, intesa come possibilità di vivere la nostra vita in coerenza con i principi che sono in armonia con il nostro Sé. Per poter iniziare un cammino del genere, come ogni pratica spirituale, bisogna partire dallo scardinamento del GIUDIZIO, in quanto ogni essere umano è eccezionale in un mondo eccezionale, ed ogni essere è infinito in un mondo infinito e quindi non possiamo giudicare con il nostro ego, ma possiamo solo capire la legge universale grazie al nostro Sé, a tal proposito Luisa Barbagallo (2005) afferma: "*L'Essere Umano è perfetto nella sua imperfezione*".

Capitolo 1
I Toltechi e il sogno

1.1 IL Popolo dei Toltechi

I toltechi discendono dagli indiani Yaqui e si stabiliscono nel Messico meridionale. La loro filosofia si basa su tre grandi sistemi: l'agguato, il sognare e l'intento.

- *L'agguato:* L'arte dell'agguato ha due caratteristiche principali. Il primo afferma che bisogna conoscere in maniera precisa il proprio ambiente; qui inteso come modo di vivere il quotidiano, soprattutto le varie abitudini che possono essere nocive per il nostro sistema psicofisico, quindi essere pienamente consapevoli delle nostre routine. Il secondo è imparare a tendere gli agguati ai propri automatismi al fine di eliminarli. Bisogna conoscere in tutte le sfumature, il proprio agire quotidiano, la nostra parte TONAL, dal tolteco "tonalli" ciò che appare, che si manifesta. Nell'arte dell'agguato vi sono delle regole, cosi come in psicoterapia noi osserviamo le regole del setting al fine di rendere il lavoro un valido strumento ed evitare "la china scivolosa" (Gabbard, 1999) e quindi il fallimento della stessa, anche in questo sistema la regola è la base che permette di poter procedere nell'insegnamento. Prima fra esse è di venire a contatto con il proprio modo di fare, ad esempio il "dialogo". Essere consapevoli di ciò che si dice e si agisce ci responsabilizza sull'importanza della parola e delle azioni cosi da divenire agenti sulla nostra creazione, sapere quindi cosa seminare e cosa raccogliere. Nella Bibbia si afferma come la parola diventa carne, cioè mette un seme nella nostra mente e in quella degli altri e produce frutti positivi o negativi a seconda di cosa e di come si esprime. Gli effetti si vedono non soltanto sulla mente, ma anche sul corpo essendo il pensiero una vibrazione talmente potente da avere ripercussioni anche sulla materia, come A. Einstein, Giordano Bruno, Paracelso e altri hanno ben spiegato e documentato. *Luisa Barbagallo (2005) afferma: "... I nostri corpi sono, semplicemente, un'espressione fisica della nostra coscienza... Essenzialmente siamo esseri spirituali perfetti, espressione perfetta della mente universale o coscienza di Dio, che è in noi... le uniche limitazioni alla salute, bellezza, energia, vitalità e gioia provengono dai blocchi che noi stessi ci diamo; dalla nostra stessa resistenza alla bontà della vita, resistenza basata sulla paura e sull'ignoranza...".*

Un esempio banale è la ripetizione della frase "sono stanco" che ripetuto molte volte come un mantra (suono ripetuto), attiva nella mente e nel corpo una vera stanchezza, o come ripetersi continuamente che si va di fretta porta ad un'attivazione eccessiva al punto di credere d'avere sempre qualcosa da fare, anche quando ci si può fermare almeno a riflettere su ciò che sta accadendo. L'evoluzione psichica non può avere luogo a prescindere dal corpo. In un articolo su pazienti psichiatrici, P. Matozzo (2008) nella sua esperienza all'interno di comunità terapeutiche scrive: *"Il paziente deve avere riconsiderato globalmente il suo rapporto con la malattia e concludere che essa rappresenta una realtà cosi pervasiva, importante e profonda da rendere necessario un cambiamento globale...Se questo non avviene ci possono essere effetti patogeni come la depressione, la persecutorietà e riacutizzazioni psicotiche".* La consapevolezza induce, inevitabilmente, a vedere ciò che è futile e nocivo nel nostro sistema di vita. Fine delle discipline spirituali e psicologiche è spogliare la persona di tutti gli orpelli, meccanismi di difesa, comportamenti appresi che non portano ad un equilibrio, che offuscano la mente e rendono complicata la vita e non permettono d'arrivare all'essenza o al nucleo di noi stessi.

Il "guerriero" tolteco per compiere questo lavoro, così come colui che si mette in discussione con un lavoro psicoterapeutico, inizia ad osservare e controllare le proprie azioni. Con quest'attenzione noi percepiamo che cosa aiuta il nostro benessere totale.

L'agguato porta l'essere umano a comprendere e a testare continuamente la veridicità del proprio cammino, che rappresenta un esame di realtà.

Quest'ultimo è uno strumento preziosissimo in psicoterapia, utile al paziente per verificare nella vita quotidiana la trasformazione delle proprie abitudini e i frutti che ne scaturiscono. Spesso si osserva come alcuni pazienti al minimo miglioramento abbandonano la terapia perché si sentono "guariti" o inconsciamente hanno paura di lasciare la propria storia personale, la loro patologia o meccanismi che, in ogni caso danno loro una sicurezza; quest'aspetto per i toltechi non permette d'eseguire quel salto finale che chiamano ricapitolazione della vita. Nella ricapitolazione, il guerriero tolteco ha appreso l'umiltà (visto la grandezza del creato!), il rispetto per se stesso e quindi anche per gli altri: *"Un guerriero non china la testa e non permette che gli altri la chinano davanti a lui"* e la propria vita passata è vista come fonte di conoscenza, come sfondo per un processo d'unificazione e coscienza che porta alla pace. Il cammino dell'agguato porta con sé questo tipo di coscienza: *Il mio fare è espressione del mio essere?*. *Le mie azioni devono esprimere la mia parola, la mia parola il mio desiderio, il mio desiderio il mio essere ed il mio essere esprimere l'Essere che E' (Yhawh), l' Io sono che sono chiamato ad essere (Leloup, 2003).*

- *Il sognare*: la concezione tolteca parte dal presupposto che noi tutti abbiamo due tipi di consapevolezza, il primo sopra descritto fa parte del tonal, ossia la consapevolezza dell'Io; la seconda è il Nagual, dal tolteco "nahualli", mascherare o nascondere e fa parte dell'inconscio. *Jung (1919), scrisse: "L'inconscio percepisce, ha intenzioni e idee, sente e pensa analogamente alla consapevolezza".* Il nagual è inaccessibile per l'Io e si manifesta come forza attraverso immagini o simboli. L'uomo, per accedervi, deve percorrere strade non ordinarie ossia la via del "sogno". In questa prospettiva, i sogni sono un canale tra queste due consapevolezze. Ai toltechi, però, non interessa molto l'interpretazione del sogno, quanto un sognare come metodo per aprirsi al potere, noto come possibilità di comprendere un'altra parte di Sé che unita al tonal, formano la completezza e l'integrità dell'Anthropos o meglio L'Uomo che ha illuminato se stesso e ne ha compreso la bellezza, la meraviglia e la perfezione.

Il concetto di perfezione che deriva dal latino ed è spesso confuso con il significato di senza difetti, in realtà a livello etimologico significa "completo", quindi l'uomo è completo, quando, raggiunge la conoscenza e accettazione di tutto il suo essere.

- *L'intento:* è una forza che ci spinge a percepire una determinata situazione in un modo piuttosto che in un altro. Questa forza è un qualcosa che s'impone e sembra non aiutare ad uscire fuori da alcuni schemi. Un esempio potrebbe essere quel paziente che diffidando dei medici che non sono conosciuti, si affida ad un luminare, dal quale può rimanere deluso perché non scopre che è affetto da qualche malattia che, invece, con il tempo si manifesta. In questa situazione, sentiremo affermare dal paziente stesso che ha cercato il migliore nel campo della medicina e anche in questa occasione non è andata bene. Quello che il paziente non tiene, però, in considerazione è la presenza di una carica distruttiva o un istinto di morte nel suo nucleo inconscio, che si aggancia a quello del luminare portandolo a sottovalutare dati che indicavano l'esordio di una patologia.

I Toltechi, proprio per questo principio, hanno sviluppato la padronanza dell'intento, utile ad iniziare un percorso per padroneggiare il proprio destino e liberarsi anche di modi di percepire che inducono alla malattia. La loro pratica quotidiana diventa un modo d'essere. Questi tre sistemi costituiscono il principio per avviare un cammino di consapevolezza ed autoliberazione che favorisce il fine ultimo dei Toltechi: la libertà.

1.2 Definizione del sogno

Il sogno è definito come: *"Attività mentale che si svolge durante il sonno e di cui è possibile conservare, dopo il risveglio, immagini, pensieri, emozioni che hanno caratterizzato la scena onirica. Questa, essendo interamente governata dalle leggi dell'affettività, presenta una strutturazione che è completamente svincolata dai principi che regolano il pensiero logico e l'orientamento della realtà, soprattutto per quanto concerne il principio d'identità, di causalità, di non contraddizione e le coordinate spazio-temporali che subiscono profonde trasformazioni".* (Psicologia di U. Galimberti pag. 982)

La ricerca scientifica distingue due tipi di sonno: quello ortodosso o senza sogni e il paradosso caratterizzato dalla fase R.E.M, ossia il vero e proprio stato onirico, dove sono presenti i sogni. La ricerca biochimica ha scoperto in questo contesto che i sogni sono necessari alla vita, infatti, se leggiamo le funzioni del sogno espresse nel dizionario dei simboli di J. Chavelier e A. Gheerbrant ci rendiamo conto com'è messa in risalto la funzione d'equilibrio:

"Il sogno ha una funzione d'equilibrio biologico e mentale al pari d'altre attività come l'alimentazione e l'ossigeno. Il sogno, inoltre, stabilisce un equilibrio compensativo nella nostra psiche. Dalla carenza dei sogni derivano squilibri mentali.

Che cosa s'intende per equilibrio?

L'equilibrio è un rapporto fra diverse parti che sono complementari l'una all'altra e interdipendenti, senza che s'instauri per questo un rapporto di dipendenza e potere fra esse. Riconoscere il tutto per com'è significa ridare il giusto valore alle cose senza sopravvalutare o sottovalutare le funzioni di ciascuna parte.

L'equilibrio costituisce il fondamento di diverse religioni e dottrine: nel Vangelo di Myriam di Magdala, *"Il maestro" (Gesù Cristo) invita i discepoli a raggiungere la pace imperturbabile, ma prima di questa spiega che bisogna che vi sia equilibrio "eukrasia" tra il corpo, la psiche e il nous (spirito dell'anima)... (Leloup 2003).*

Nel buddismo, attraverso le quattro nobili verità, si raggiunge una perfetta armonia tra gli opposti nel momento in cui si comprende la complementarietà di questi; nella religione induista nel testo della Bhagavadgita, attraverso il dialogo di Krsna con Arjuna si raggiunge l'unione del tutto trovando l'armonia in qualsiasi azione. Perfino "l'arte della guerra" della tradizione cinese esplica i principi di complementarietà tra gli opposti per la vincita o, nei Ching, oracoli cinesi, attraverso gli esagrammi e all'unione del cielo e della terra si arriva ad un equilibrio che porta stabilità e buon auspicio.

Una sua alterazione è fonte di squilibri; in psicologia, ad esempio, questo problema è affrontato da diversi autori, basti pensare anche allo stesso Freud che nel trattare il caso d'isteria parla di uno spostamento sul piano fisico di conflitti psichici sulla sessualità originato da una precoce esperienza traumatica, ma gli psicoanalisti non capiscono come avviene un tale spostamento e grazie a W. Reich (1972) s'inizia a comprendere la dinamica. W. Reich parte dal presupposto di base che la mente e il corpo sono i due lati della stessa medaglia, quindi il conflitto avviene sia sul piano psichico che fisico. In seguito anche A. Lowen (1991) parla nel suo libro "La spiritualità del corpo" come le diverse posture rivelano le varie scissioni presenti fra mente e corpo creando dei blocchi energetici, che si andranno a sbloccare mediante esercizi che arrivano alla profondità della mente. W. Reich e A. Lowen, il primo nel libro "L'assassinio di Cristo" e il secondo nel libro in precedenza citato, puntano sul lavoro necessario da svolgere per eliminare la corazza, che rappresenta solo un ostacolo, una fonte di disturbo e squilibrio che non permette la vera espressione di noi stessi. A tal proposito gli sciamani toltechi parlano di salute, intesa più come un equilibrio, una perfetta armonia fra le differenti parti del nostro sé, soprattutto tra vita quotidiana (tonal) e inconscia (nagual). Come per gli psicologi anche per i toltechi l'unica prevenzione contro gli squilibri è di dedicare maggiore attenzione ai messaggi dell'inconscio, del nagual, che questo manda continuamente. S'intende qui soprattutto il lavoro attivo del sognare, che è adatto a consentire un bilanciamento fra le parti fondamentali del nostro Sé. Il sogno dei toltechi non rappresenta una via di fuga, ma uno strumento per diventare padroni di noi stessi. Controllare i sogni, libera il contenuto senza trattenerlo, agendo nella consapevolezza di ciò che avviene e non rappresenta una mancanza d'abbandono, ma al contrario essere testimoni di noi stessi o come insegnano i monaci tibetani o Yogi tramite le posture controllate nelle meditazioni, un essere partecipe del tutto senza voler trattenere niente, in un fluire, *"sognare è l'espressione della spinta simbiotica della psiche ad essere in un mutuo stato di co-esistenza con il suo eco-spazio, ovvero il suo ambiente...sognare può essere concepito come la funzione onda della psiche continua senza fine..." (Lawrence, 1988 p. 18).*

I sogni servono come fonte di conoscenza, trasmettono il sapere di quella parte dell'uomo che spesso è identificata con l'anima.

Hillman (1975) afferma: l'anima è una "prospettiva" una finestra per guardare il mondo interiore, infatti, tutto ciò che Psykhè è profondità in quanto conduce al mondo infero, un regno che si esprime attraverso le immagini, che per Jung prendono il nome d'Archetipi e Miti. Questo ci avvia a comprendere che il sogno ha un valore profondo, legato al cosmo e al proprio sentiero personale, con una sequenza che orienta la persona verso una meta o un progetto.

1.3 Il sognatore e il sognato

Tra gli apprendisti o allievi degli sciamani vi sono delle caratteristiche psichiche che li rendono esperti nell'arte dell'agguato o del sognare. L'arte del sognare è definita il secondo anello del potere (attenzione particolare per l'inconscio) dei Toltechi. Nell'arte dell'agguato possono accedere più soggetti, mentre l'arte del sognare tolteco è più selettiva e per arrivare bisogna aver bene appreso anche l'arte dell'agguato. Nel campo del sognare rientrano tutte quelle azioni ed eventi che hanno a che fare con la dimensione dello spazio interiore, di cui fanno parte stati di consapevolezza alterati, sogni, visioni, percezioni ecc. L'obiettivo dei sognatori, come anche dei cacciatori o guerrieri dell'agguato è il vedere che conduce alla padronanza della consapevolezza, strettamente connesso con il concetto di libertà. I sognatori aspirano alla libera possibilità di spostamento fra tutte le zone di percezione possibili e raggiungibili dalla consapevolezza umana. Dopo un percorso individuale questi guerrieri cacciatori e sognatori formano insieme un gruppo in base alle peculiarità che hanno. *Il modello junghiano (C.G. Jung, 1921) distingue i quattro tipi psicologici due razionali, ossia il pensiero e la sensibilità, e due irrazionali, il sentimento e l'intuizione. Da questi si può ricavare un tipo umano: pensante, sensibile, intuitivo o sentimentale. In base a come dirige la libido può essere introverso o estroverso.* Così come il modello junghiano anche quello tolteco distingue dei tipi psicologici analizzando quattro aspetti fondamentali, che scelgono come caratteristica i quattro punti cardinali. Per quanto riguarda le donne sono così distinte:

1) L'Est chiamata ordine, ha come caratteristiche l'ottimismo, l'allegria, la dolcezza e la persistenza. Simile ad una brezza costante;

2) Il Nord chiamata forza, ha come peculiarità l'ingegnosità, la semplicità, la schiettezza e l'affidabilità. Rappresenta un forte vento;

3) L'Ovest chiamata sentimento, è introversa, avveduta, astuta e furtiva ed è associata ad una ventata fredda;

4) Il Sud chiamata crescita, porta con Sé nutrimento, rumore, timidezza e calore. Ben rappresentata da un vento caldo;

Questi tipi psicologici sono divisi in base all'estroversione, contatto con l'esterno e quindi esperti nell'agguato, e tipi introversi portati verso i mondi più interiori esperti nell'arte del sognare.

Gli uomini sono suddivisi in base ai quattro punti cardinali e all'introversione e all'estroversione.

1) Il primo tipo è il dotto, l'uomo d'intelletto, sereno, dedito al suo compito (tipo pensante);

2) Il secondo tipo è uomo d'azione, instabile, compagno formidabile, con molto temperamento e volubilità (tipo sensibile);

3) Il terzo tipo è l'organizzatore, dietro le quinte, misterioso e sconosciuto (tipo intuitivo);

4) Il quarto tipo è definito Corriere, uomo riservato e malinconico, che se guidato correttamente arriva a risultati brillanti, ma non può affermarsi da solo (tipo sentimentale) (Castaneda, 1981).

Questi tipi sono uniti in un gruppo, devono necessariamente contenere tutti i tipi psicologici in modo da rendere completa l'energia o la matrice e rappresentare nel microcosmo l'unità delle parti e il loro necessario esistere per l'altro, come denti di una catena che servono per il funzionamento del tutto.

Ogni singolo individuo del gruppo deve seguire una pratica quotidiana che consiste in tre passi distinti, che sono appresi uno dopo l'altro.

Nel libro "L'arte di sognare" di C. Castaneda (1993), Don Juan chiama il primo passo "arrangiare il sogno" e spiega al suo allievo: *"Arrangiare il sogno (...) significa, avere un controllo preciso e pragmatico sulle circostanze generali del sogno, confrontabile al controllo d'ogni decisione che si prende nel deserto, per esempio se si vuole scalare un monte o rimanere all'ombra in una gola. Devi iniziare con qualcosa di molto semplice (...). Questa notte ti guarderai le mani. Nel sogno, quando, si guarda consapevolmente una cosa, questa tende a cambiare forma; il primo compito è quello di evitare questo cambiamento di forma. Scopo dell'esercizio non era trovare qualcosa nello specifico, ma impegnare la mia attenzione nel Sogno...(pag. 33).* Per i Toltechi, quindi, l'attenzione si può allenare non soltanto nella vita quotidiana ma anche nel sogno.

Il secondo passo *avviene dopo aver ben appreso il primo, il sognatore è chiamato ad apprendere a muoversi nel sogno, quest'esercizio ha la funzione di mettere in armonia il tempo in cui il sognatore dorme e il tempo in cui sogna consapevolmente. Questo permette di riarmonizzare il ciclo sonno veglia (ibidem).*

Il terzo passo chiude il processo d'apprendimento e consiste nell'accedere nel "corpo del sogno" che per i toltechi è l'anima onirica. *Il sognatore, durante questo sogno, vede in genere se stesso, mentre dorme e osserva il suo Sé normale (ibidem).*

Capitolo 2
Il primo varco del sognare

2.1 Il primo varco del sognare

L'arte del sognare è definita il secondo anello del potere, viene dopo l'agguato che ne costituisce il primo, ed è l'essenza del sapere tolteco. Esso consiste nella consapevolezza di tutto ciò che riguarda le dimensioni, tutte le zone di percezione possibili e raggiungibili dalla coscienza umana ancora da esplorare dalla psiche, per conoscere e meglio comprendere se stessi e il genere umano. Obiettivo dei sognatori è la padronanza della consapevolezza per avviare una trasformazione di cui sono responsabili. Il concetto di responsabilità, per il loro sistema di valori, va di pari passo alla libertà e all'esistenza vissuta istante per istante. Noi siamo responsabili, quando, scegliamo, agiamo e affermiamo il nostro diritto di esistere. Nel caso in cui non agiamo apparentemente le decisioni, scegliamo di lasciarceli agire. Nella persona non consapevole questa situazione è spesso interiorizzata come passività e vittima delle circostanze, mentre per i toltechi è importante qualsiasi forma di decisione quindi anche il non agire è visto in maniera attiva, poiché è la persona a optare per questa condizione. La persona se è in grado di scegliere, si assume anche la responsabilità delle conseguenze ed esercita, cosi, in ogni momento la sua libertà. Questa scelta è resa più semplice nella vita quotidiana, dove possiamo allenare la consapevolezza dell'io, mentre nei sogni, le tecniche sono più lunghe e in entrambi i casi ci vuole molta costanza.

Il primo varco del sognare è, come appunto definito da Don Juan: "Arrangiare il sogno" e ci porta a raggiungere il corpo energetico. La pratica concreta di questa tecnica consiste nel guardare consapevolmente nel sogno una cosa (prima fase), evitando che essa si modifichi, ed in seguito estendiamo il campo percettivo (seconda fase). Ad esempio ognuno di noi ha una parte del corpo con cui più comunica, ad esempio le mani, o un qualche oggetto che sente più familiare, ad esempio un albero, e per questo motivo è più facile da richiamare alla mente prima di dormire. Accedere al sogno mediante l'oggetto stesso ci conduce al primo esercizio, in pratica non modificare l'immagine. L'oggetto che noi scegliamo, generalmente, occupa uno spazio; ad esempio il nostro albero preferito si trova in un parco, spostando la nostra attenzione sul parco, estendiamo il nostro campo percettivo. Nel momento in cui si sente che l'attenzione onirica sta cedendo, bisogna ritornare ad osservare l'oggetto inizialmente scelto. Si ripete l'esercizio fin quando l'energia onirica del sogno non è crollata. Questo esercizio conduce il praticante ad avere la massima attenzione su tutto ciò che agisce, semplicemente come osservatore. L'entrata in questa consapevolezza ha come primo effetto di schiarire i sogni. Spesso i sogni comuni sono poco colorati e lasciano poca percezione tattile e sensitiva, nel momento, invece, che si modifica quest'attenzione, i sogni assumono vividezza.

Nel praticare quest'esercizio vediamo come abbiamo utilizzato la nostra energia nel quotidiano, tramite l'agguato, se non è usata bene in realtà la nostra energia è anche poco sufficiente per passare dalla consapevolezza dell'io o del tonal, alla consapevolezza nagual.

Nel primo varco del sognare, ciò che accade è ancora parte del tonal, ossia consapevolezza dell'io, visto che tutto avviene per attenzione e si segue un ordine e una logica, infatti, si scelgono oggetti che fanno parte della vita quotidiana. Questo serve per arrivare al massimo del tonal che è definito: *"... il riflesso di quell'indescrivibile ignoto che è pieno d'ordine"* (C.Castaneda, 1981 p. 146). Si tratta di campi logici e razionali ancora non conosciuti, ma che possono essere esplorati grazie al sogno. Un esempio di questa situazione è l'animazione "Waking life" di R. Linklater, dove un ragazzo si perde nella dimensione onirica e non riesce a risvegliarsi. Inizialmente crede d'essere sveglio, compie azioni della sua vita quotidiana e incontra gente che fanno parte della sua vita; quando, però, si rende conto che è nel sogno e cerca di svegliarsi capisce che l'incontro con quella gente ha un significato importante per comprendere dei concetti razionali utili per la sua esistenza. Nel film "Il posto delle fragole" di I. Bergman, la vita onirica assume valore di coscientizzazione, infatti, il personaggio principale scopre se stesso e il modo in cui è visto dall'altro tramite l'accesso al sogno e ad immagini e ricordi che lo riportano ad un contatto con sé stesso, avviando così un processo di consapevolezza.

In questi due films è rappresentato quello che i toltechi chiamano campo del tonal o dell'io. Per poter avere successo nel passare il primo varco, dobbiamo aver padroneggiato gli elementi a noi circostanti che fanno parte del nostro essere, e una volta compiuto questo, avviare l'interruzione del dialogo interiore. Castaneda (1971, p. 278) riferisce le parole di Don Juan: *"Il dialogo interiore è ciò che radica gli uomini al mondo quotidiano. Il mondo è in questo o in quel modo solo perché diciamo che il mondo è in questo o in quel modo. L'accesso al modo degli sciamani si apre dopo che il guerriero ha imparato a far tacere il dialogo interiore ".*

In questo stato di cose, in tutte le tradizioni spirituali, accade di scoprire parti di noi stessi che normalmente neanche vediamo e di aprire uno spazio interiore all'infinito e quindi alle nostre potenzialità umane e divine. L'interruzione del dialogo nella vita quotidiana, ci dirige nell'arte del sognare ad acquisire maggiore conoscenza di quello che ci succede, senza stare anche lì a razionalizzare o mentalizzare come già facciamo nella vita di tutti i giorni.

In questa situazione, nel sogno avremo più energia sia per porre la nostra attenzione su ciò che scegliamo come oggetto d'attenzione, sia per consentirci la possibilità di rimanere aperti a ciò che si forma in una sospensione di giudizi.

Il quotidiano, ossia il tonal e l'onirico e cioè il nagual hanno un aspetto comune: il "vedere", che in senso tolteco è collegato proprio al lato nagual e come il tonal s'interseca con il nagual, il nagual s'interseca con il tonal. Nella realtà quotidiana se si sviluppa questa consapevolezza, si può vedere l'essenza dell'essere umano con le sue parti nagual. Le tecniche dell'agguato e del sognare volgono sempre al vedere, che è l'intero sapere dei toltechi. Il vedere si articola in due passi:

1) la sensazione del vedere, sto incominciando a vedere da un'altra prospettiva e le cose iniziano ad assumere sfumature diverse, anche se ancora non riesco fino in fondo a capire cosa sta cambiando;

2) la voce del vedere, ogni volta che si vede veramente, arriva un messaggio in noi, al nostro cuore e alla mente che ci spiega cosa stiamo vedendo e questo processo ci accosta in maniera nuova al mondo. I toltechi, anche qui, ribadiscono che la pecca spesso di noi tutti è di prenderci troppo sul serio e questo non aiuta ad avere una reale percezione dell'importanza delle cose.

Maestra per eccellenza, infatti, rimane la morte che nella nostra vita, per loro, bilancia cosa veramente ha valore e cosa è futile.

2.3 Padronanza della trasformazione

W. Reich (1972) afferma: *"La verità significa pieno contatto con noi stessi e con l'ambiente che ci circonda. Verità significa anche riconoscere la diversità del proprio modo di vita a quello degli altri ... Non cercate di vivere una verità che non ha affinità con voi stessi perché si trasformerebbe immediatamente in una menzogna più difficile da sopportare di quella cresciuta organicamente negli espedienti della vita sociale... Lasciate che la gente viva la sua verità, non le vostre. Ciò che rappresenta una verità organica per un uomo o una donna non può esserlo affatto per un altro o un'altra. Non esiste una verità assoluta, proprio come non esistono due visi assolutamente identici. E' tuttavia vi sono in natura delle funzioni fondamentali comuni a ogni verità, ma l'espressione individuale varia di corpo in corpo, da anima in anima".* Nel sapere tolteco apprendere questa verità, avere il contatto con se stessi, conduce inevitabilmente ad una trasformazione iniziale che per essere duratura necessita di una padronanza, vale a dire conoscere e agire in armonia con il proprio lato divino, ossia la parte autentica, vera e reale di noi, libero da ogni costrizione e vizio dell'anima, i quali non ci permettono d'esprimere la nostra bellezza e pienezza così da poter comprendere appieno la lezione dell'evento.

La padronanza della trasformazione ci guida a cambiare tutti quegli atteggiamenti che ci producono sofferenza e coazioni a ripetere. In questa padronanza si raggiunge ciò che i toltechi chiamano "seconda attenzione" che consiste nel porre un'attenzione diversa alle nostre credenza e sviluppare nuovi atteggiamenti più consapevoli.

In psicoterapia, ad esempio, questo accade nel momento in cui il paziente scopre e diviene consapevole dei meccanismi disadattivi (non sono funzionali e armoniosi per la salute e il benessere proprio) e inizia grazie ad un'attenzione nuova a modificarli e a padroneggiarli in modo da avviare un cambiamento e non ricadere in situazioni che generano uno stato di disagio. In questa prima padronanza, la persona incomincia a "distruggere un mondo per formarne un altro".

Nel vangelo di Myriam of Magdala quest'evoluzione che riguarda il tonal e l'accesso alla dimensione nagual, ossia tutti quei lati dell'anima che tormentano la vita per condurci alla liberazione di essi, è espresso in modo esauriente e preciso da questo passo: "*Sono uscita dal mondo grazie ad un altro mondo; una rappresentazione si è cancellata grazie ad una rappresentazione più alta. Ormai, io vado verso il riposo dove il tempo si riposa nell'eternità del tempo. Vado verso il silenzio. Dopo aver detto ciò, Maria tacque…"(J.Y Leloup, 2003).*

Capitolo 3
Il secondo varco del sognare

3.1 Il secondo varco del sognare

"Il secondo varco del Sognare si raggiunge, quando ci si sveglia da un Sogno in un altro Sogno. Si possono fare quanti sogni si vuole o quanti si è capace di farne, ma si deve esercitare un adeguato controllo e non svegliarsi nel mondo che conosciamo.".(C. Castaneda, 1995, p.52).

In quest'affermazione si osserva quanto è importante il controllo, inteso come verifica o sorveglianza da parte di chi ha il comando della situazione, soprattutto nel sognare.

Tale azione implica che è il sognatore ad avere il comando che serve per ampliare l'attenzione e la consapevolezza per non rimanere ancorati ai sogni normali. Questo controllo delle azioni e la continua attenzione permettono al praticante di non disperdere energie che altrimenti lo intrappolerebbero al concetto di Se stesso e della sua immagine e consente di superare le forme di paura che non permettono il salto finale di "abbandono all'infinto".

Nell'arte dell'agguato si sperimenta che qualsiasi forma di pensiero fluisce senza che il praticante senta la necessità di trattenere il pensiero ed elucubrare su di esso.

Essendo, inoltre, sempre presenti a noi stessi e centrati, perdiamo il nostro piccolo ego e nel momento in cui un pensiero sorge e ci disturba, rimaniamo imperturbabili in uno stato di profonda quiete.

Spesso ci lasciamo prendere dalle preoccupazioni della vita quotidiana, perdiamo il nostro stato di lucidità, le opportunità che la vita ci offre per apprendere delle lezioni; proprio per questo incominciare a scegliere anche nel sogno ci apre un ventaglio di possibilità sull'infinità creazione. Per ciascuno dei varchi del sognare esistono due fasi. La prima fase è giungere al varco, ovvero iniziare con un sogno; la seconda è attraversarlo, vale a dire passare da un sogno ad un altro, che rappresenta "l'essenza del corpo energetico". Ad esempio se nel sogno noi stiamo in un certo spazio, grazie ad un elemento presente in esso, possiamo addentrarci in un altro sogno che ha come elemento comune l'oggetto a cui noi abbiamo rivolto la nostra attenzione, ma lo scenario cambia totalmente. Parte del secondo varco del sognare è armonizzare il tempo del sogno con quello del quotidiano, quindi se sogniamo di giorno il sogno deve contenere scene diurne e al contrario se avviene di notte. In questo secondo varco c'introduciamo nel nagual, nell'inconscio e nelle dimensioni che derivano dal cosmo, al contrario del primo varco dove si rimane ancora nel tonal, nella consapevolezza dell'io e deriva dalle dimensioni proprie della terra. Le dimensioni del cosmo ci permettono di lasciare il nostro piccolo io e dare una sbirciata al tutto di cui noi siamo solo un'infinitesima parte. Inizia così il "vedere". Per i toltechi non si tratta di un vedere con gli occhi fisici, ma di aprire la mente a tal punto da percepire, intuire e interpretare altro. In questo stadio s'inizia a coscientizzare la nostra mortalità, che ci riporta ad un esame di realtà, a quell'umiltà che è il postulato per vedere, capire e comprendere, che lascia aperto lo spazio per la curiosità e l'amore.

Abbandonando l'egocentrismo e il perfezionismo, comprendiamo di essere fatti da entrambi i lati e decade l'illusione di noi come "bravi bambini a tutti i costi, o buoni in ogni circostanza" per permetterci un'apertura verso la relazione, qui intesa come un abbracciare le nostre fragilità trascendendole senza accomodarci su di esse, ma facendo uno sforzo per illuminarli e andare oltre, incontro all'universo, come esseri partecipanti e agenti perfetti nella nostra imperfezione.

Il nostro sogno, con il secondo varco, passa da inconscio individuale a inconscio collettivo e ci consente di sentirci parte del tutto, accedere a visioni che appartengono al lato divino. In modo metaforico è viaggiare un po' come Ulisse, quando si spinse oltre le colonne d'Ercole. Le colonne sono i limiti dei pregiudizi, della normale percezione che stende un velo d'illusioni in tutto il nostro modo di vivere. L'arte del sognare diviene uno strumento, un'opportunità per superare noi stessi, osservare l'altro con estremo rispetto, meraviglia e sano distacco che porta ad una vera empatia e ad un riappropriarsi di quella divinità di cui tutti gli esseri sono in potenza.

" *Il Nagual è il riflesso di quell'indescrivibile vuoto che contiene ogni cosa"(ibidem).* Per vuoto qui intendiamo un vuoto fecondo, dove si origina il tutto e l'immagine macrocosmica corrispondente è il Big Bang. Per usare una definizione di Jung (1961)*: "Se si potesse personificare l'inconscio, esso sarebbe un umano collettivo al di là delle distinzioni...sarebbe un sognatore di sogni secolari e sarebbe un pronosticatore incomparabile per via della sua immensa esperienza ...Quest' essere umano collettivo non pare sia una persona, bensì qualcosa come un flusso infinito o forse un mare d'immagini e forme, di cui prendiamo a volte coscienza in sogno o in stati emotivi fuori dal comune.".*

Nel secondo varco noi accediamo in tutto e per tutto al nagual, la parte dove la conoscenza umana si amplia e gli spazi divengono tutti luoghi da esplorare in un sistema infinito di conoscenze secolari. E' in questo vuoto fecondo che personaggi biblici come Abramo, Giuseppe, Mosé, Giovanni e tutti i grandi sognatori e visionari, hanno accesso alla visione, al vedere di cui parlano i toltechi, alla veggenza intesa come percezione di quello che è e non può essere altrimenti. In pratica ognuno di noi ha delle risorse, dei potenziali o dei doni che ci portano ad essere in un modo piuttosto che in un altro, tirare fuori questi potenziali permettono d'essere in armonia con il nostro genio o lato divino e quindi essere sempre in accordo con noi stessi. Accedere al nagual porta la persona stessa a diventare maestro e a viaggiare negli spazi dell'inconscio per individuare fratture, blocchi e veri intenti portandoli alla luce. In questo senso ogni buon terapeuta dovrebbe essere un Nagual, uno sciamano della dimensione interiore che riporta la fluidità e l'armonia con sé stesso e con il tutto. Per i toltechi, lo sciamano è chi ha un perfetto equilibrio tra tonal (si nota già l'equilibrio nel camminare) e nagual, che si muove in tutte le dimensioni soprattutto quelle che riguardano il lato infero, l'inconscio, l'imperscrutabile e rimane centrato a tal punto da essere in grado di entrare in una qualsiasi cosa senza esserne sopraffatto. Lo sciamano, in tal senso, riesce a non essere intrappolato in particolari che assorbono la sua energia, ma conserva un'attenzione, una curiosità che gli consente di vedere. Lo stesso dovrebbe accadere in psicoterapia dove il terapeuta non sente la paura di smarrirsi nel disturbo o disagio dell'utente, al contrario riesce a viaggiare all'interno senza perdere il centro del problema stesso, diventando abile nello sciogliere quell'incastro che genera malattia o semplicemente disagio. Procedere con la massima attenzione, con sospensione di giudizio e con il massimo rispetto dell'altro, porta ad apprendere fenomeni inusuali.

Grazie alla pratica del primo varco abbiamo appreso a padroneggiare un'attenzione tale che ci aiuta a essere solo osservatori, senza perderci nel racconto dell'altro e avere perciò sufficiente energia per viverci il secondo varco, ossia per muoverci nei vari spazi interiori.

Un terzo sistema pratico dell'insegnamento tolteco è l'intento. Esso è distinto dagli altri due e al tempo stesso è l'unione e l'essenza di entrambi. L'intento è una forza che agisce, ininterrottamente, attraverso le percezioni e ci spinge ad agire.

Noi vediamo, generalmente, le conseguenze e non l'intento stesso. Fino a quando siamo proiettati solo su noi stessi, l'intento perde di luminosità e noi rimaniamo ciechi anche ai più grandi insegnamenti; infatti, questi decadono per via del nostro uso costante d'energie e forze che teniamo per appagare il nostro ego ed investire su di esso, perdendo la possibilità di accedere al nostro Sé Superiore, che è in continua creazione donandoci gli strumenti e le risorse necessarie per poter usufruire delle nostre originali potenzialità. L'intento può essere conscio quindi del lato tonal, che si esprime nella vita quotidiana nelle piccole come nelle grandi cose, ad esempio nel lavarsi, cucinare, lavorare, o/e dell'inconscio quindi del nagual, che indirizza la persona ad agire in previsione di qualcosa che va al di là della mente ordinaria e ci spinge, attraverso le cadute e le rialzate a rafforzarci, attraverso " i sogni rivelatori o premonitori" a vedere e ad entrare nelle profondità dei nostri inferi, guidandoci a trasmutare noi stessi.

Siamo abituati, in genere, ad affermare: "Mi è capitato, non l'ho scelto io", ma in realtà con questa frase noi neghiamo la nostra forza inconscia distruttrice o creatrice. Per i toltechi, senza consapevolezza noi siamo solo degli schiavi dell'intento, per questo è necessario allenarlo sia nella vita quotidiana sia in quell'onirica, in modo da sviluppare quello che loro chiamano "intento inflessibile".

Il sognatore inizia cosi a praticare questa forza anche nel sogno, esprimendo verbalmente prima di intraprendere il viaggio onirico l'intento di vedere ed esplorare, scegliendo dove vuole volgere l'attenzione e quando cambiare scena; ovviamente l'imprevisto fa parte del gioco, noi possiamo decidere come meglio gestire e vivere ciò che c'è messo davanti.

Il loro sistema ci insegna, in ogni istante, ad affrontare l'imprevedibilità della vita stessa, sia essa rappresentata nel sogno o nella realtà, non perdendo di vista il proprio centro. Il sognatore è completamente cosciente e responsabile di tutto ciò che ne consegue e lo sfrutta per poter apprendere degli aspetti di sé che lo possono liberare e fortificare. Padroneggiare l'intento è la via che conduce il praticante alla libertà da quei vincoli che escludono la sperimentazione della vita, necessaria per assaporare tutto quello che ci circonda come dono, d'essere pienamente liberi nelle scelte e di comprendere come delle situazioni che accadono sono dei disegni perfetti nel "Sogno dell'Uno" e noi siamo al contempo attori, registi e pubblico delle scene che mettiamo in atto.

Capitolo 4

Il terzo varco del sognare

4.1 Il terzo varco del sognare

"Il terzo varco del sognare lo raggiungi, quando ti trovi in un sogno a fissare qualcun altro che sta dormendo e salta fuori che quel qualcun altro sei tu" (C. Castaneda 1995, p. 150). Con questo varco noi diveniamo per i toltechi, sciamani o per meglio dire dei maestri Nagual.

La prima fase del varco è guardarsi. Consiste nel conoscersi sotto ogni sfumatura, visto che la mente è uno specchio che riflette solo la nostra immagine. La nostra mente, affinché sia in grado di riverberare in maniera precisa la propria immagine, ha bisogno d'essere purificata dalle varie illusioni, riconosciuta perfetta nella sua imperfezione con le sue creazioni e potenziali infiniti.

La seconda fase è rimanere fermi ad osservarsi, mentre dormiamo senza perdersi in dettagli che possono catturare l'attenzione. Qui il maggior rischio è di perdere il contatto con il proprio Sé, con la realtà e con il radicamento.

Non dimentichiamo che l'albero più ha le radici affondate nel terreno più si protende verso l'alto, per questo motivo i sognatori rimangono ancorati ad un dato reale in modo da non essere in balia alle nuove percezioni che catturano la curiosità. I sognatori, per non cedere a quest'impulso, si fanno incuriosire da tutto, ma rimanendo con " un occhio dentro e uno fuori" proprio come avviene in psicoterapia.

In questo varco si raggiungono le dimensioni che competono ai Nagual o sciamani, che per praticare il loro ruolo gli si richiede molto più di una semplice conoscenza di se stessi, bisogna che in questa fase si raggiunga la comprensione degli aspetti umani, armonizzare i vari sé in un'integrazione completa ed euritmica, trascendere qualsiasi giudizio e rimanere fermi a se stessi, riconoscere l'altro come essere infinito, unico ed essenziale alla catena cosmica. Elide M. (1983, p. 32) scrive: *"La tecnica sciamanica per eccellenza consiste nel passaggio da una regione cosmica all'altra, dalla Terra al Cielo o dalla Terra agli inferi. Lo sciamano conosce il mistero delle rotture di livello"*.

Questo è simile al percorso dello psicoterapeuta, che ha come tappa fondamentale un periodo d'analisi che vede un primo lavoro sull'elaborazione della storia personale, per continuare a conoscersi soprattutto in quei "lati ombra", che gli offrono le condizioni per avere, in futuro, un distacco sano che non gli consente di fondersi con l'utente, ma che lo aiuta a comprendere meglio gli aspetti umani con le sue fragilità.

Per i sognatori, raggiungere questo stadio, significa approdare ad insegnamenti spirituali alti, alla conoscenza d'altre dimensioni, alla simbologia che da sempre accompagna l'uomo nella sua incessante scoperta di Sé. Mi sembra interessante notare come si possono confrontare i concetti qui esposti con il pensiero di Nietzsche dell'oltreuomo nel libro "Così parlò Zarathustra".

Di fatto l'essere umano è visto come chi dopo aver accettato il suo limite vitale, lo trascende proprio perché lo utilizza senza limiti e sperimentandolo senza interesse egoico si offre come superuomo, sciamano per il bene superiore della conoscenza e per il raggiungimento del suo Sé.

"Il sogno proprio perché espressione della volontà di vivere, si manifesta oltre che nel sogno anche nella veglia... Il sogno esprimerebbe quindi la volontà di potenza di tutte le strutture psichiche dell'individuo... E' una condizione ideale per assimilare ed avvicinarsi ai conflitti esistenziali... Pertanto lo stato sognante attenuato nella veglia sarebbe condizione soddisfacente in quanto il preconscio si tiene vicino discreto informatore della coscienza" (Lopez, 1999). I sogni lucidi sono un processo costante di autoconsapevolezza che è l'elemento che li contraddistingue dai sogni ad occhi aperti e si giunge al "Sogno dell'Uno", ossia il sogno dell'infinito dove è possibile percepire l'armonia e la perfezione del tutto. Nel sogno lucido, il praticante inizia a modificare il proprio sogno e, un po' per volta trasmuta se stesso fino ad arrivare alla trascendenza ben definita da Jung (1959, p. 133): *"La funzione trascendente della psichè, per il tramite della quale l'uomo può pervenire alla meta più alta, la piena realizzazione del potenziale contenuto nel proprio sé individuale... e i simboli di trascendenza altro non sono che i simboli della lotta combattuta dall'uomo per il raggiungimento di questa meta".* Il sogno lucido è un aiuto pratico per svelare le nostre maschere, spesso indossati per meccanismi appresi come il vittimismo, egoismo, dipendenza ecc. ecc per detenere un potere all'interno del ruolo costruito che bene o male ci fa sentire sicuri. Professare un tale lavoro porta il praticante o guerriero a non avere più giustificazioni su modi d'essere non congrui per la salute spirituale, mentale e fisica, avviando così una metamorfosi che per

quanto dolorosa è altrettanto liberatoria. Arrivare al nucleo di noi stessi toglie quella parte di potere, inteso come un esercizio della propria volontà sugli altri e ci pone di fronte al vero Potere inteso come Possibilità d'esercitare scelte sulla propria vita, ampliando le conoscenze e gli strumenti a disposizione. Questo passaggio ricorda bene l'avvenuta trasformazione nel lavoro terapeutico di pazienti che accolgono la psicoterapia come un'opportunità da vivere e sfruttare fino in fondo riappropriandosi della parte vera del proprio sé.

Il sogno lucido è la piena espressione della nostra libertà di dipingere come più ci piace la propria vita in armonia al nostro essere e al nostro potenziale.

4.3 Padronanza del proprio destino

Nel capitolo precedente abbiamo parlato della padronanza dell'intento, punto centrale per gli stregoni per avere un rapporto pratico sul loro destino. Nell'esercizio costante dell'intento sia esso della vita quotidiana e ancora meglio in quella onirica, il praticante illumina i suoi "lati ombra". Le parti aggressive di noi, così agendo, non sono più pericolose per sé o per l'altro e vivendoli e lasciandoli andare diventano unione degli opposti, essendo noi tutti sottoposti alla legge del principio duale: bene e male, giorno e notte, caldo e freddo ecc. Da questo principio si arriva all'unione dell'uno e negli espedienti della vita si è padroni del proprio destino. Il praticante in questo stadio ormai ha affrontato le dodici fatiche d'Ercole, ha scoperto se stesso ed è diventato pienamente Anthropos o meglio ancora Theanthropos vale a dire pienamente umano e divino.

Il ricercatore sa che l'oscurità non è altro che l'incapacità degli occhi materiali a percepire e interpretare le vibrazioni eteree della Mente. (Atteshlis 2002, p. 56). In questo processo il mondo duale si unifica e si consolida nel principio dell'Uno. In terapia, spesso anche le difficoltà dell'utente sono il riconoscersi entrambi i lati come parte di un'unica unità e si tende così ad operare una scissione che allontana la parte meno piacevole, che inevitabilmente si proietta all'esterno, siano esse genitori, amici, società, partner e nel caso specifico lo psicoterapeuta, che ha la funzione di accogliere le parti scisse per riordinarle, reintegrarle e restituirle al paziente nell'interezza. Fin quando l'essere umano si vive in maniera parziale, non si riconosce e non può vedere realmente l'altro, il bisogno di dover proiettare è sempre impellente e senza che ci sia un discernimento sulla corresponsabilità, si finisce per colpevolizzare l'altro o se stesso. Non si cade in dinamismi e non ci si può togliere da nessun tipo di responsabilità quando siamo sul sentiero della conoscenza, ma si scardina il senso di colpa e l'accusatore che costantemente opera dentro di noi elargendo sentenze e giudizi, detronizzandolo, lasciando il posto alla comprensione, (dal latino cum e prendere, prendere con, nel senso di abbracciare con tolleranza), e alla compassione (dal latino cum pati, patire insieme con, ossia partecipare al dolore altrui).

La responsabilità dei nostri pensieri, parole e azioni ci rende in tutto e per tutto esseri attivi e agenti.

Nello stato d'animo del guerriero non trova posto l'autocommiserazione, visto che è impossibile con essa avvicinare il potere, mentre la tecnica giusta per farlo è un giusto controllo e abbandono di se stessi. *Don Juan nel libro di Castaneda spiega: «Il guerriero è cacciatore, calcola ogni cosa. Questo è il controllo. Una volta svolti i suoi calcoli, agisce e lascia andare. Questo è l'abbandono.* Un *guerriero non è una foglia in balia del vento. Nessuno può costringerlo e forzarlo ad agire contro la sua stessa volontà o contro il proprio giudizio. Un guerriero è sintonizzato per sopravvivere, e sopravvive nel modo migliore. La forza per questo suo modello di vita la trae anche dal considerare ogni cosa che gli accade come una possibilità di crescita, trasformando ogni problema in opportunità, perciò un guerriero accetta il suo destino, quale che sia, e lo fa in perfetta umiltà. Accetta in umiltà quello che è, non come motivo di rammarico, ma come una sfida vivente. Don Juan precisa che solo un guerriero può resistere sul sentiero della conoscenza. Un guerriero non rimpiange nulla né si lamenta di nulla. La sua vita è una sfida incessante, e le sfide non sono né buone né cattive: sono semplicemente sfide»(Castaneda, 1971).*

Bibliografia

Atteshlis, S. (1998). *The symbol of life*. Cipro: The Stoa Series. Tr.it. Vicenza, Edizioni il Punto d'Incontro, 2002.

Barbagallo, L. (2005). *Tecniche di autoguarigione attraverso la visualizzazione creativa.*

Bruner, J.G. (1991). *La costruzione narrativa della "realtà"* in Ammanniti, M. e Stern.

Carotenuto, A. (2000). *Trattato di psicologia della personalità.* Milano, Raffaello Cortina Editore.

Castaneda, C. (2002). *Gli insegnamenti di Don Juan*. Milano, Rizzoli.

Castaneda, C. (2000). *Il dono dell'Aquila*. Milano, Superbur Saggi.

Castaneda, C. (2005*). Il fuoco dal profondo. I tre stadi della sapienza dello sciamano*. Bur Saggi, Milano

Castaneda, C. (2000). *Il lato attivo dell'infinito*. Milano, Superbur Saggi.

Castaneda, C. (2001). *Il potere del silenzio*. Milano, Superbur Saggi.

Castaneda, C. (2000). *Il secondo anello del potere*. Milano, Superbur Saggi.

Castaneda, C. (2001). *L'isola del tonal*. Milano, Superbur Saggi.

Castaneda, C. ((2001). *L'arte del sognare*. Milano, Superbur Saggi.

Castaneda, C. (2001). *Tensegrità. I sette movimenti magici degli sciamani dell'antico Messico*. Milano, Superbur Saggi.

Castaneda, C. (2000). *Una realtà separata. Nuove conversazioni con Don Juan*. Milano, Rizzoli.

Castaneda, C. (2000). *Viaggio a Ixtlan*. Milano, Rizzoli.

Classen, N. (1998). *Carlos Castaneda e i guerrieri di Don Juan.* Vicenza, Edizioni Il Punto d'Incontro.

Classen, N. (2001). *La saggezza dei toltechi.* Vicenza. Edizioni Il Punto d'Incontro.

Dina, M. (2000). *Iniziazione alla via del sognare Un dialogo con il proprio sé.* Roma, Edizioni Mediterranee.

Donner, F. (1996*). Essere nel sogno.* Vicenza, Edizioni Il Punto d'Incontro.

Drury, N. (1995). *Gli sciamani.* Milano, Xenia Edizioni.

Eliade M. (1983). Lo sciamanismo e le tecniche dell'estasi. Roma, Edizioni Mediterranee.

Galimberti, U. (1999). *Dizionario Di Psicologia.* Milano, Garzanti.

Giampà, M., Peggiora, S., Calderoni, L.: Funzione gamma journal – Mito Sogno e Gruppo

Jung, C. G. (2007). *L' uomo e i suoi simboli.* Milano, Tea.

Jung, C.G. (1995). *Psicologia, sogno e associazione verbale.* Roma, Grandi tascabili economici Newton.

Jung, C. G. (2007). *Ricordi, sogni, riflessioni.* Milano, Bur Saggi.

Lawrence, W. G. (a cura di). (1988*). Social dreaming. La funzione sociale del sogno.* Roma, Edizione Borla.

Lowen, A. (1991). *La spiritualità del corpo.* Roma, Casa Editrice Astrolabio.

Leloup, J. Y.(2000). *Il vangelo di Maria. Myriam di Magdala. Vangelo copto del secondo secolo.* Bergamo, Servitium Editrice.

Lopez, D., Zorzi, L. (1999). *La Sapienza del Sogno.* Dunod

Nietzsche, F. (2002). *Così parlò Zarathustra,* Milano, Adelphi edizioni.

Neri, C. (2001). *Gruppo*. Roma, Borla.

Neri, C. (1995). *UXSSR. Roma, Borla.

Reich, W. (1972). *L'assassinio di Cristo*. Varese, Sugarco Edizioni S.r.l.

Ruiz, M. (2007). *I quattro accordi. Guida pratica alla libertà personale*. Vicenza, Edizioni Il Punto d'Incontro.

Ruiz, M. (2006). *La padronanza dell'amore. Guida pratica all'arte dei rapporti personali*. Vicenza, Edizioni Il Punto d'Incontro.

Ruiz, M. (2007). *La via dei quattro accordi. Padroneggiare il sogno della vita*. Vicenza, Edizioni Il Punto d'Incontro.

Ruiz, M. (2006*). La voce della conoscenza. Guida pratica alla pace interiore* Vicenza, Edizioni Il Punto d'Incontro.

Rutherford, L. (1998). *I principi dello sciamanesimo*. Milano, Gruppo Editoriale Armenia.

Sams, J. (1998). *Danzare il sogno*. Vicenza, Edizioni Il Punto d'Incontro.

Sanchez, V.(1996). *Gli insegnamenti di Don Carlos. Applicazioni pratiche delle opere di Carlos Castaneda*. Vicenza, Edizioni Il Punto d'Incontro.

Stern, D. N. (2004). *Il momento presente. In psicoterapia e nella vita quotidiana*. Milano, Raffaello Cortina Editore.